CABINET

FÉLIX RAVAISSON-MOLLIEN

SCULPTURES — DESSINS
OBJETS D'ART

VENTE DU 25 AVRIL 1903

CATALOGUE

des

SCULPTURES, DESSINS & OBJETS D'ART

provenant du Cabinet

DE

FEU FÉLIX RAVAISSON-MOLLIEN

Conservateur au Musée des Antiques
au Louvre

DONT LA VENTE AURA LIEU

le 25 Avril 1903

à 2 heures

A L'HOTEL DROUOT, SALLE N° 9

par le ministère de

M° GUSTAVE COULON, Commissaire-Priseur

PARIS

GUSTAVE COULON

COMMISSAIRE-PRISEUR

12, RUE DE LA VICTOIRE

La vente aura lieu au comptant.

Les acheteurs paieront 10 o/o en plus des enchères.

EXPOSITION PUBLIQUE
LE VENDREDI 24 AVRIL 1903
DE 2 HEURES A 5 HEURES
SALLE N° 9.

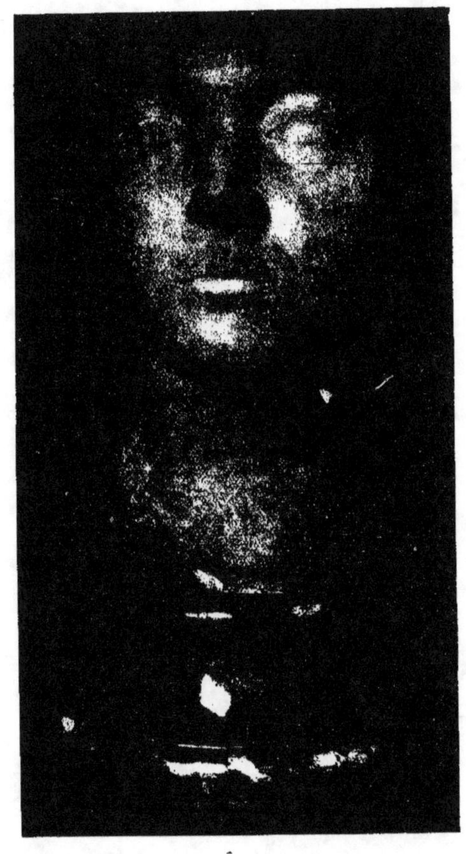

ANTIQUE

FEMME GRÉCO-ROMAINE

SCULPTURES

ANTIQUE

ANTIQUE

Marbre

ANTIQUE

Marbre

ANTIQUE

SCULPTURES

ANTIQUE

1. — Femme gréco-romaine
Beau style; tête en marbre, sans la perruque.

> Haut. 0m28.
>
> *Le plâtre en est exposé au Louvre dans la salle du Manège.*

ANTIQUE

2. — Tête de la Vénus du Capitole
Marbre grec.

> Haut. 0m25.
>
> *Restauration : Nez, menton.*

ANTIQUE

3. — Double tête, Bacchus et Ariane
Marbre.

> Haut. 0m15.
>
> *Restauration : Les nez*

ANTIQUE

4. — BEAU PETIT LION
Applique marbre de couleur.

Haut. 0m16.

ANTIQUE

5. — SILÈNE
Marbre.

Haut. 0m30.

ANTIQUE

6. — HERCULE COURONNÉ DE PAMPRES
Applique en marbre.

Haut. 0m20, larg. 0m13.

ANTIQUE

7. — BEAU PETIT TORSE NU, TRÈS INCLINÉ A GAUCHE
Style et marbre grecs.

Haut. 0m21.

ANTIQUE

8. — PIED GRÉCO-ROMAIN
Fragment, marbre de Luni.

ANTIQUE

9. — TRÈS BEAU BRAS AVEC LA MAIN ET DRAPERIE
Bronze.

Long. 0ᵐ25.

*Au Musée Buonarotti à Florence,
Bras analogue de Michel-Ange
(terre cuite).*

ANTIQUE

10. — TORSE DE HÉROS
Bronze, reste de statuette.

Haut. 0ᵐ18.

XIVᵉ SIECLE

11. — TÊTE DE SAINTE FEMME
Bois, beau travail italien.

Haut. 0ᵐ29.

*Reproduit au dos de la Cou-
verture.*

DONATELLO
1383-1466.

12. — ANGES CHANTEURS
Bronze, panneau de porte.

Haut. 0ᵐ50, larg. 0ᵐ21.

*Variante d'un panneau de l'Eglise
Saint-Antoine à Padoue*

DONATELLO
1383-1466.

13. — BUSTE DU CHRIST EN PRIÈRE
Terre cuite.

Haut. 0ᵐ50, larg. 0ᵐ50.

Reproduit sur la Couverture.

MICHEL ANGE BUONAROTTI

1475-1564.

14. — BUSTE D'ESCLAVE
Marbre.

Haut. 0ᵐ37, larg. 0ᵐ32.

Superbe tête d'expression; variante de la tête d'Esclave du Musée du Louvre: analogies avec l'Adonis de Florence.

Restauration : Bout du nez.

PRÈS DE MICHEL ANGE

15. — TÊTE DE SATYRE
Marbre non terminé.

Haut. 0ᵐ35, larg. 0ᵐ25.

PRÈS DE MICHEL ANGE

16. — TÊTE DE SATYRE
Marbre non terminé.

Haut. 0ᵐ35, larg. 0ᵐ25.

Variante de la précédente.

ROSSELLINO

1427-1478.

17. — LA SAINTE VIERGE AVEC JÉSUS TENANT UN OISEAU
Terre cuite encadrée.

Haut. 0ᵐ73, larg. 0ᵐ50.

Même travail que ceux du Bargello de Florence et du Musée du Louvre.

ANCIEN ART ITALIEN

18. — LA SAINTE VIERGE ET JÉSUS
Terre cuite.

Haut. 0ᵐ25, larg. 0ᵐ20.

FIN DU XVème SIECLE

19. — HOMME COUCHÉ
Figurine bronze; art italien.

Larg. 0^m10.

XIVe SIÈCLE

20. — GENS A L'ÉGLISE
Petit bas-relief marbre.

Haut. 0^m15, larg. 0^m10.

FIN DU XIVe SIÈCLE

21. — VIERGE ET ENFANT
Terre cuite en couleurs, encadrée.

Haut. 0^m19, larg. 0^m13.

Craquelures.

XVe SIECLE

22. — VIERGE DE L'ANNONCIATION
Bois sculpté ; travail français.

Haut. 0^m38.

XVe SIÈCLE

23. — LA FUITE EN EGYPTE
Bois sculpté ; travail allemand.

Haut. 0^m25, larg. 0^m27.

Endommagé

XVI SIECLE

24. — GUERRIERS, CAVALIER, FEMME ET ENFANT
Albâtre, fragment.

Haut. 0m17, larg. 0m18.

XVII SIÈCLE

25. — CHRIST PORTANT LA CROIX
Chêne sculpté; travail allemand.

Haut. 0m35.

XVII SIECLE

26. — CHRIST EN CHEMIN DE CROIX.
Bois sculpté; travail allemand.

Haut. 0m53.

XVIII SIÈCLE

27. — VÉNUS AUX FORGES DE VULCAIN
Joli petit bronze à fond doré, encadré dans un
marbre.

Haut. 0m17, larg. 0m24.

Aux armes de la famille d'Aumond.

PAJOU

1730-1809.

28 — BOSSUET
Maquette, terre cuite.

Haut. 0m20.

Variante de l'étude du Louvre.

DESSINS

DONATELLO

1383-1466.

29. — QUATRE FEMMES
Dessin à la plume.

Haut. 0^{m}19, larg. 0^{m}30.

FRA FILIPPO LIPPI

1406-1469.

30. — TÊTE D'HOMME AGÉ
Crayon gris et blanc.

Haut. 0^{m}16, larg. 0^{m}12.

ANDREA DEL SARTO

1487-1531.

31. — JEUNE HOMME
Dessin à la sanguine.

Haut. 0^{m}25, larg. 0^{m}15.

MICHEL ANGE BUONAROTTI

1475-1564

32. — LE SERPENT D'AIRAIN
Etude pour la chapelle Sixtine.

Haut. 0^m32, larg. 8^m48.

Variantes de cette étude aux Musées Buonarotti, à Florence et à l'Albertine, à Vienne (Autriche).

TIZIANO VECELLI

1477-1576.

33. — PAYSAGE
Dessin à la plume.

Haut. 0^m11, larg. 0^m11.

TIZIANO VECELLI

1477-1756

34. — PAYSAGE
Dessin à la plume.

Haut. 0^m22, larg. 0^m30.
A souffert.

MAZZUOLI, dit le Parmesan.

1503-1540.

35. — TROIS FEMMES ET UNE FILLETTE
Dessin à la sanguine.

Haut. 0^m16, larg. 0^m12.

OTTAVIO LEONI, dit le Paduanino.

36. — PORTRAIT DE FEMME
Trois crayons.

Haut. 0^m21, larg. 0^m16.

PIERRE PAUL RUBENS

1577-1640.

37. — L'ASSOMPTION
Dessin en trois tons.

Haut. 0ᵐ76, larg. 0ᵐ46.

*Variante d'un dessin de la col-
lection de Nesselrode, à Saratof
(Russie).
Papier marouflé; raccommodé
très habilement.*

PIERRE PAUL RUBENS

1577-1640.

38. — LE BAPTÊME DU CHRIST
Dessin au crayon.

Haut. 0ᵐ31, larg. 0ᵐ21.

REMBRANDT VAN RYN

1606-1669.

39. — JEUNE HOMME AU TRAVAIL
Lavis.

Haut. 0ᵐ14, larg. 0ᵐ20.

REMBRANDT VAN RYN

1606-1669.

40. — HOMME AU LIT PARLANT A UN VISITEUR
Dessin à la plume.

Haut. 0ᵐ17, larg. 0ᵐ21.

*Variante du dessin n° 163, au
Musée Fodor, à Amsterdam.*

REMBRANDT VAN RYN

1606-1669.

41. — PAYSAGE
Dessin à la sanguine.

Haut. 0ᵐ13, larg. 0ᵐ30.

WILHEM VAN DE VELDE LE JEUNE

1663-1707.

42. — MARINE
Croquis.

Haut. 0^m90. larg. 0^m21.

WILHEM VAN DE VELDE LE JEUNE

1663-1707.

43. — MARINE
Dessin à la plume.

Haut. 0^m90, larg. 0^m15.

WILHEM VAN DE VELDE LE JEUNE

44. — MARINE
Dessin à la plume.

Haut. 0^m06, larg. 0^m12.

OBJETS D'ART

45. — LA VIERGE ET L'ENFANT JÉSUS
Petit étain doré.

Haut. 0ᵐ12, larg. 0ᵐ08.

46. — ADORATION DES MAGES
Plaque bronze.

Haut. 0ᵐ10, larg. 0ᵐ06.

47. — JÉSUS DEVANT PILATE
Plaque bronze.

Haut. 0ᵐ15, larg. 0ᵐ10.

48. — LA MISE AU TOMBEAU
Bronze encadré.

Haut. 0ᵐ12, larg. 0ᵐ16.

49. — LA MISE AU TOMBEAU
Petit étain doré.

Haut. 0^m09, larg. 0^m06.

50. — HERCULE ET LE LION DE NÉMÉE
Plaque bronze.

Haut. 0^m07, larg. 0^m06.

51. — BACCHANT AVEC UNE TORCHE
Plaque bronze.

Haut. 0^m10, larg. 0^m08.

52. — COMBAT DE ROMAINS
Petit étain doré.

Haut. 0^m04, larg. 0^m04.

53. — APOLLON ET VULCAIN.
Petit étain doré.

Haut. 0^m04, larg. 0^m04.

54. — PARTIE DE COFFRET
Etain mat.

Haut. 0^m07, larg. 0^m10.

P....... ....RGL RUBENS

PIERRE PAUL RUBENS
L'Assomption

55. — PARTIE DE COFFRET
Etain doré.

Haut. 0ᵐ07, larg. 0ᵐ11.

56. — ORGIE DE DIEUX ET DE FAUNES
Plaque bronze ovale.

Haut. 0ᵐ13, larg. 0ᵐ24.

57. — ALLÉGORIE DE L'AMOUR
Etain encadré.

Larg. 0ᵐ20.

IMPRES-
SIONS
ARTIS-
TIQUES

L. LUCIEN
FAURE

12, rue
SAINTE-
ANNE
PARIS